當翔翔引頸期盼，
黑夜沒入身後，朝陽緩緩升起……
當翔翔抬頭仰望，
挫折模糊淡去，盼望向他走去！
方舟，見證盼望的祭壇。

——磐頂教會主任牧師　莊信德

你為什麼不睡覺

鄭欣挺 ／文　　盧崇真 ／圖

很久、很久以前，有一場非常、非常大的洪水，
大到把所有的陸地都淹沒了。

有個叫挪亞的人，建造了一艘名爲「方舟」的大船，
帶著全家人與許許多多的動物上了方舟，以躲避大洪水。

方舟在大水上航行了一天又一天，一天又一天，
但是洪水卻一點兒也沒有退去的跡象。

有兩隻長頸鹿也跟著挪亞上了方舟，
他們分別是來自非洲的男生阿吉以及來自亞洲的女生丁丁。

阿吉被丁丁的聰明伶俐深深吸引，
丁丁也很喜歡阿吉的忠厚老實。

不久之後，阿吉與丁丁就這樣墜入愛河，
並在大家的祝福下結婚。

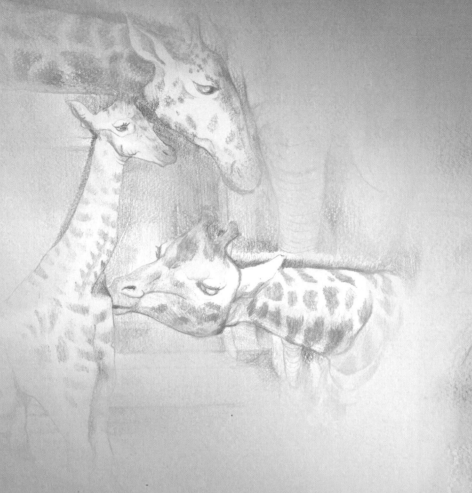

後來，丁丁懷孕了，
她順利生下一個兒子。
他們將他取名爲翔翔。

剛出生不久的翔翔，
需要常常跟在爸爸媽媽的身邊。

翔翔把他的困擾告訴媽媽。

媽媽對翔翔說：「沒關係，你多跟其他的小朋友一起玩，
自然就可以說他們聽得懂的話囉！」

翔翔聽了媽媽的話，
就去找河馬艾薩他們一起玩溜滑梯。

但是長頸鹿太高了，
翔翔的頭還在滑梯頂端，
腳就已經在滑梯底下了。

大家看到翔翔「卡卡」的樣子，
都忍不住偷笑了起來。

不開心的翔翔又去找無尾熊坎哥他們一起玩紙牌。

只是長頸鹿長得實在太高！
翔翔彎下腰來拿紙牌的時候，
不小心就把其他人的牌都看光了。

松鼠彭彭好生氣，把紙牌一丟，
對翔翔說：「你作弊啦！我不玩了！」

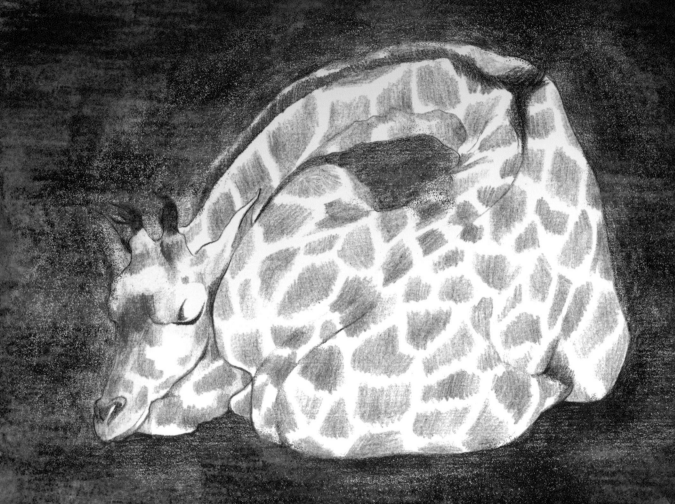

翔翔好難過，

心裡想：「這又不是我的錯！我們長頸鹿天生就長這麼高啊！」

於是翔翔離開大家，獨自一個人縮在船艙的角落。

「呵～」

翔翔打了個大哈欠後，就睡著了。

翔翔感到非常挫折，
於是開始在別的小朋友遊戲的時候睡覺，
等到晚上大家都睡著了，
翔翔才起床。

半夜裡覺得無聊的翔翔，
怕吵醒其他的動物，
只能躡手躡腳地到處遊盪。

只是，一個人的方舟，
一點都不好玩。

於是翔翔常常爬上甲板，
看著滿天的星星，
吹著涼涼的海風，
度過一個又一個無聊的夜晚。

這一天，
翔翔跟平常一樣爬上甲板，
遠遠望著平靜的海面。

翔翔看到天空和水面的交界，
泛起了微微的白色光線。

緊接著，
不同的色彩漸漸出現在天空與水面上，
七彩的顏色在翔翔眼前渲染開來。

忽然間，
有一道金色的光線照到翔翔的臉上。
翔翔被光線照得幾乎睜不開眼睛。

一顆金色的火球，
緩緩從海面升起，
照亮了大海、方舟和翔翔。

「原來，外面有這麼多漂亮的顏色啊！」

這天早上的景色，
一直在翔翔的腦海中徘徊，
讓他久久無法忘記。

其實，深夜的甲板上並不是只有翔翔，
他也常常看到另一個人的背影。
翔翔認識他，他是挪亞的三兒子，雅弗。

有一天，雅弗突然從背後叫住翔翔，
對他説：「長頸鹿小朋友，你爲什麼不睡覺？」
翔翔也反問雅弗道：「雅弗，那你爲什麼也不睡覺？」

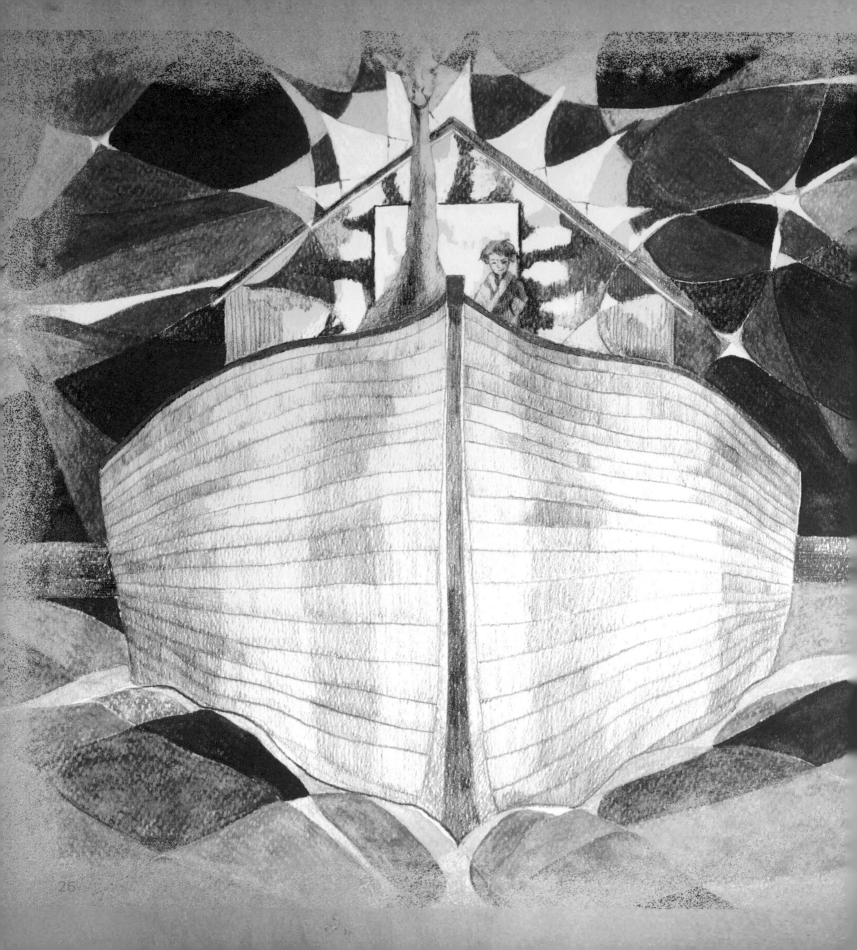

翔翔和雅弗都向彼此說出了自己不睡覺的原因。

雅弗原本和兩位哥哥輪流負責甲板值班的任務，
他們需要觀察海面上的狀況，
一旦發現危險就要立刻報告挪亞。
只是雅弗的哥哥們不想要熬夜在半夜裡值班，
他們對雅弗說：「你是弟弟，弟弟要聽哥哥的話，
所以半夜的值班讓你負責。」雅弗年紀小，
只能不情願的接受了半夜值班的任務。

翔翔聽到雅弗這麼說，
心裡想：「原來雅弗是因為這樣才不睡覺的啊！」

翔翔也把自己的故事告訴雅弗。

雅弗聽完故事之後，
對翔翔說：「這樣啊，那你以後晚上如果睡不著，
就來陪我聊天好了。」

這是第一次有人邀請翔翔一起聊天，翔翔好開心，
二話不說馬上答應了。

從此之後，翔翔與雅弗成了無話不談的好朋友，
一起度過了好多個不睡覺的夜晚。

有一天，雅弗因為太累，不知不覺就靠在牆邊睡著了。
翔翔並沒有叫醒雅弗，他心想自己可以幫忙觀察海面上的狀況。
翔翔認真地運用他的身高，觀察方舟的航道，一點都不敢鬆懈。
忽然間，翔翔看到遠方的海面上出現了一個白點。
隨著方舟往前航行，白點越來越大、越來越大。

翔翔趕緊叫醒雅弗，
雅弗揉了揉眼睛一看，
忍不住驚叫起來：「冰山！」

雅弗想起父親說過，
這個海域裡有種叫作「冰山」的危險物體，
如果方舟碰上冰山，
很可能會被堅硬的冰山撞擊而沉沒。
雅弗急忙到船艙裡叫醒父親挪亞，
挪亞立刻將方舟轉向，才免去了一場大災難。

挪亞看著雅弗和翔翔，
臉上露出微笑，
他摸了摸翔翔的頭，
對翔翔說：「孩子，你做得很好。」

翔翔因為機警而避免方舟撞上冰山的事情，
在方舟裡的動物們中間傳開了。

小朋友們紛紛圍繞在翔翔身邊，
想聽他說甲板上的故事。

翔翔用亞洲話說故事給亞洲的動物們聽，
也用非洲話說故事給非洲的動物們聽，
大家都聽得津津有味。

小朋友們每天晚上睡覺前，
都很期待翔翔講故事給他們聽。

爲了講故事，
翔翔除了回想自己一個人在甲板上度過的時光，
也想起和其他動物一起在方舟上經歷的日子。

當翔翔爲了自己太高而煩惱時，
大象泰莉曾經對他說：「我懂你的煩惱，
因爲我的身軀也很大。」

雖然斑馬布拉也曾和大家一起嘲笑翔翔溜滑梯的
尷尬模樣，但後來他特地跑來安慰沮喪的翔翔。

獅子拉爾雖然總是看起來兇兇的，
但他也有溫柔撒嬌的時候；
猩猩花花也常常獨自在角落，
看著遠方發呆。

大家追問著翔翔：「你說雨已經停了，
那你有看到陸地嗎？」

翔翔想了一想。

在方舟上出生的翔翔，
從來沒有見過陸地的樣子。

雖然不知道陸地的顏色，
但是翔翔還是決定跟大家講陸地的故事。

他努力想像著陸地的樣子，
腦海中浮現出在甲板上看到的繽紛顏色。

翔翔覺得，
陸地也一定這樣多采多姿。

翔翔與小朋友們熱烈地討論著陸地的樣子，
不知不覺，夜已經非常深沉。

翔翔的媽媽從他背後走了過來，親了親翔翔，
溫柔地說：「翔翔寶貝，可以睡覺了嗎？」

上帝帶領的創作——關於「你為什麼不睡覺」的讀後座談

Q：請問這個故事架構和挪亞方舟的關聯性？

「挪亞方舟」恐怕是聖經的所有章節中，最常被畫成兒童繪本的一段故事。這個故事裡有好多動物，那絕對是孩子們最喜歡的元素。故事的結局有象徵希望的鴿子找到橄欖枝，還有象徵應許的彩虹出現在湛藍的天空上，凡此種種都能讓插畫家們玩味再三、不停創作。我們的故事雖以「挪亞方舟」為基本背景設定，但不以聖經內容為表現目的。因為我們相信，聖經具有超越歷史的詮釋空間，藉著詮釋，我們才能遭遇彼此的生命，進而經歷上帝。

Q：為何挑選「長頸鹿」作故事的主角？

挑選「長頸鹿」作故事的主角，正是因為他長得太奇怪了。在所有的動物中，他身材最高；不成比例的長脖子，讓人好難想像他平常是怎樣喝水、怎麼睡覺。日常生活中，我們大多不喜歡奇怪的人。父母也多半會教導小孩，不要標新立異、特立獨行。但是，人類社會最矛盾的心理狀態莫過於面對「差異」這件事，我們既害怕差異，卻又不斷吹捧那些成功人士的獨特性。可見，差異在成功神話那裡，是令人驚喜的人格特質；而在社會邊緣的灰色地帶，則

是令人懼怕的身心狀態。我們需要為孩子預備一個面對差異的心理功課，不管是面對他人，還是面對自己。角色設定好之後，我開始思索繪畫風格的走向。在搜尋長頸鹿生態習性的過程中，我真是打從心底喜愛這個動物。他的靈性、他的漂亮，恰恰與他的奇怪樣貌搭配得完美無缺，長頸鹿如果沒有長得這麼奇怪，他恐怕也不會擁有這樣獨特的可愛吧！最後，我決定用帶有文學抒情性的素描技法，忠實地記錄下長頸鹿的姿態。為了在生態寫實和故事劇情中間找到相互搭配的可行性，真是花費不少時間呢。

Q：為何設定「你為什麼不睡覺」這個主題？

「你為什麼不睡覺？」這個主題，是創作到後期才萌生的標題。很高興我們終於找到一個可以跟小孩日常生活行為相呼應的主題。準時睡覺是乖小孩守規矩的表現，但是，當小孩不睡覺的時候，除了貪玩不守規矩，他是否還有什麼不願說明或說不清楚的理由呢？我們想像，當小孩跟陪伴他的人一起閱讀這本繪本時，他們也可以試著分享某些看似踰矩的行為背後，可能有些說不清楚的理由。

Q：在繪圖的過程中，最困難表現的部分是什麼？

在故事轉折的過程中，有兩張圖讓我思考了很久。一個是關於「經歷上帝」；另一個是關於「想像從未見過的陸地」。我所面對到的難題是：如果我在風格上已經選擇素描技法的寫實風格，那我要如何表現「不存在」的東西？請別誤會，我並不是要說：上帝不存在、想像不實際。正因為繪畫太過於依附著現實可見的世界，關於不可見的真實，很容易讓人找不到方法。我特別在禱告中記念這件事，我發現這幾乎是一個神學和美學的問題。最後，我讓翔翔在一整夜的孤單漂流之後，沐浴在日出的光景下。我回想自己一生中擁有過的日出經驗，光線色彩的瞬息變換如何令人屏息，那實在很難用言語傳達，只有經歷過的人才會知道。這幅圖真正是要讓上帝親自在「經歷上帝」的意義上面工作。關於「想像從未見過的陸地」，也面臨類似的美學難題。「彩虹」一直以來都在「挪亞方舟」的故事中扮演了太重要的角色，甚至變成一個堅固的符號。但是，什麼是上帝的應許呢？「聖經中，上帝和我們有好多約定，我們的一切需求上帝都知道。然而，這並不是一種功利主義的想法：我知道我需要什麼，請滿足我。上帝的全能與全知，超乎我們的想像，甚至在我們渾然未覺的需要上，祂都要按著祂最美好的旨意，使我們得滿足。從來沒見過陸地的翔翔運用想像並講述陸地的故事給大家聽，他並不會因為沒有足夠的經驗而在老到熟練的面前怯懦，他對陸地的想像如同萬花筒一般精彩，他對上帝應許的詮釋，秉持著最重要的就是「相信」。

Q：身為創作者，你最大的收獲是什麼？

開始學習對孩子說故事。雖然每個父母親，都曾為孩子說故事。可是當我嘗試為孩子創作一個全新的故事的時候，我才發現，大人是如何霸道地用自以為是的世界觀和合理性的框架來圍限孩子的心靈。我們的故事裡，翔翔和雅弗一起拯救了方舟免於冰山的撞擊，這是大人世界中最常見的英雄敘事。但這個故事最美麗的地方，更在於翔翔回到方舟的群體中間，成為一個說故事的人。故事的結局是：他的視野和角度，終於能夠發動自己的意義和價值。同一艘船上的群體，也在說故事和聆聽的過程中，建立新的肢體關係。

這個繪本是一對夫妻的第二個愛的結晶。丈夫鄭欣挺,負責文字創作,他的「正業」是歷史研究,但他比較喜歡「說書人」這個稱呼。妻子盧崇真,負責圖像創作,還差寫論文就可以拿到社會學博士。崇真的學經歷比較複雜,從美術系轉念藝術管理,最後落腳社會學領域,外人看來是一段曲折離奇的旅程,但在崇真心裡,她所關切的主題始終明確,那就是「人」:藝術和社會學都是能夠包含最多人的複雜面貌的學科。

為什麼要說這本繪本是第二個「愛的結晶」呢?因為他們的第一個愛的結晶,是他們的寶貝兒子「阿財」。有了孩子之後,他們決定結束飄泊,回到基督的愛裡組成家庭,「孩子」成了兩人生命中最重要的轉捩點。一方面,他必須生活中養育一個真正的小孩;另一方面,「孩子」的出現,也成為創作最親密也是最直接的素材。

這是他們倆生命中從未意料到的轉變。

在大肚山上的磐頂教會,正在進行一個「方舟物種保存計畫」,崇真和欣挺一起參與在其中。這個教會本身被建造為一艘方舟的形象,面對周圍的社區,我們發現有好多、好多的生命故事需要被保存。《你為什麼不睡覺》是「方舟物種保存計畫」的第一部作品,我們想要保存的生命故事,是在跨越邊界的過程中必須勇敢面對孤單的人,這些人可能是一個孩子,也可能是一個大人。

感謝主,當我們自己的生命得以被保存的時候,我們希望用繪本這個形式,讓更多人經歷上帝。「方舟物種保存計畫」將會持續創作出版。

touch系列009
你為什麼不睡覺

策劃：磐頂教會方舟物種保存計畫
文：鄭欣挺　　圖：盧崇真
編輯：馮真理
美術設計：郭秀佩

發 行 人：鄭超睿
出版發行：主流出版有限公司 Lordway Publishing Co. Ltd.
出 版 部：台北市南京東路五段123巷4弄24號2樓
發 行 部：宜蘭縣宜蘭市縣民大道二段876號
電　　話：(03) 937-1001
傳　　真：(03) 937-1007
電子信箱：lord.way@msa.hinet.net
郵撥帳號：50027271
網　　址：http：//mypaper.pchome.com.tw/news/lordway/

經　　銷：
紅螞蟻圖書有限公司
台北市內湖區舊宗路二段121巷19號
電話：(02) 2795-3656 傳真：(02) 2795-4100

以琳發展有限公司
香港九龍灣啟祥道22號開達大廈7樓A室
電話..(852) 2838-6652 傳真..(852) 2838-7970

財團法人基督教以琳書房
台北市忠孝東路四段210號B1
電話：(02) 2777-2560 傳真：(02) 2711-1641

2015年2月　初版1刷
書號：L1501　著作權所有 翻印必究
ISBN：978-986-89894-4-3 (精裝)
Printed in Taiwan